引力

引力诗丛

清空练习

周鱼 著

长江出版传媒
长江文艺出版社

周鱼

1986年生,女,现居福建福州。
曾获第四届"奔腾诗歌奖"、第五届扬子江青年诗人奖。
著有诗集《两种生活》。

目 录

卷 一

诗 003

祈求 004

两种生活 005

诗歌找到了此类人 006

这门语言 007

未来之眼 008

她已经熟知 009

情侣 010

隐居 011

人们过于迷恋 012

镂空花瓶 013

论花草 014

圆月 016

影 017

孤独 019

对于灵魂 020

写日记 021

早衰者 022

023　无题
024　阅读者
026　边境
027　最甜的
028　正午这棵榕树
029　感官世界
031　鸟鸣
032　夜读
033　园丁
034　义工日
036　手
037　致命
038　把音乐关掉
039　秘密
041　那个时刻
042　在人群中
043　下午
044　夜晚
045　晚年
046　肉体之诗
047　窗
049　鼓岭即景
050　五月
051　萤火虫
052　营业
054　找到那个声音

自由落体 055
普通人 056
语言的危险 057
美的技艺 058
生活常态 059
在上海 060

卷 二

更小的事物 065
一样的风声 067
两种声音 068
写诗 070
再次开始写作 071
回顾这一年 072
睡眠课程 073
三十岁 075
参与者 076
摸黑上楼 077
弱者 078
手艺人 079
清晨启示 080
无题 081
真身 082
女祭司的陌生化 083
在词语之前 085

086　更沉默的生活

087　使用时间

088　隐居

089　清空练习

090　快乐气氛

091　记忆功效

092　一瞬

094　鱼腥草

095　介质

096　失语者

097　初衷

098　你自身的寂静

099　诗人

100　快乐的别译

102　我会睡去

103　所谓奇迹

104　三次

105　本性

106　"上海"

107　今夜，做好了决定

108　原始生物

109　乐观

110　秋天的真实

111　简单的事

113　纵使这是梦

114　又回到了一个人

家园　115
冬的内心　116
在印度导游家　117
在印度　121
我盯着那条路　123
他们都在诗中提到中国诗　124
钟表　125
诗的火源　126
表达教会我的　127
孤独毫无值得赞许之处　128
这道理是真的　129
缝隙　130
疗养院　131
布列松的一幅摄影　132
公共汽车上　133

卷 三

保全你要保全的　137
爱　138
吃蚬子　140
三种存在　141
选择　143
世界观　144
鸟　145
一种工作　146

147　直到我咬到一颗金橘

149　记住那些日子

150　听觉仪式

152　音乐的演变

154　雪中

156　生死的表现形式

157　写

158　事实是

159　窗前

160　狄金森也许会说

161　完美

162　孕吐

164　日子是什么

165　真实

167　入眠

169　虚空论

171　有一种日子

172　散步

173　春日

175　潮水

177　没有伤害

178　妊娠线

179　两种可能

181　黑洞

182　转述

183　不多的清晨

人之初　185
糟糕　186
对于作者来说　187
一幅肖像　188
宁静的热情　189
快乐　190
回到人间　191
我以为的祷告　192
门　194
经验阳光　196
婴儿　197
生活该如何继续　199
线头　200
布景　201
黑暗所给予我的　203
触碰　204
走进哺乳室　205
渴望的　206
拯救　207
失眠曲　208
水声　210
属于　211
奇景　212
生命　213
爱情　214

卷 一

2011—2016

诗

这并不是一件
在抵抗虚无的事。
它是虚无中的一员。
是奥克诺斯[1]在编灯心草。

在要编下一条时,上一条就被驴子吃掉。
奥克诺斯被吸引,他手指间流曳的
光,这在每一瞬间消逝之物构成了
他漫长的日子,这是多么真实!

相比之下,那座他建立的曼托瓦城
是怎样的与他无关,怎样不真实的虚妄。

---

[1] 奥克诺斯:歌德编写的一个神话故事中的人物。他编草喂驴,每编一条灯芯草,上一条就被驴子吃掉。

祈求

每次她来到神的面前,跪下,
开始祈求时,她都制止那种
想要得到具体某一样事物的言辞。
她只祈求"请让我看清我想要的",
"请让我属于我应该属于的",诸如此类。
她想,她自己不能说,不能说她不知道的未来,
不能说任何她没有得到的事物,先于
那唯一知情者的指明。

两种生活

午间,一日里画出的休止符,
我躺在床上,盯着白色天花板,就在那里有
   一种诡谲的光。
好像是事物的真相,会把我看穿、拉伸或融化,
是一种真正的本质,与会在人的梦中
所发生的类似。

躲避至亲之人的探望。当父亲
的声音进入这个房间,我就从光的诱惑中
抽出自己,从口中推出乡音
   做一会儿尘世的女儿。

诗歌找到了此类人

听到过安静的夜里，天空中
发出的一声巨响，
像是雷，又像是炸弹。
（真相无人得知。）
然后，夜晚恢复，天空收起
它的豁口，
然后，无尽的沉默，
然后，那响声在这沉默里面被拉长，一直
巨大、沉缓。

这门语言

白色的霜冻的屋顶
在六月的炎热中。
我将继续学习这门语言。
大路不在这儿。羊躲在
屋檐下的黑影里。它的双目
透光。我们的信件,从未寄出,
却从未被错过。
河流运载着
一艘乌有的船……

未来之眼

夏天,在这个南方城市里,闭上眼
我就看到皑皑白雪。一扇剧烈摇晃的
窗景,你若经过我楼前你会这样看到。
曾经另一个冬天的小房间里,
两个女生吃东西看电影无所事事,
影碟是专程跑老远淘的。
她们看恐怖片,看沉闷的文艺片,
好奇那些光影交织出的生活的内部,
那些惊吓带来的愉悦,和痛苦的明亮,
那些在她们体内埋伏的炸弹,每个身体里
都有两枚,一枚蓝色,一枚黑色。
许多年以后,我开始明白它们
是共存的,所以共灭。每一次
同时引爆。(喜悦与恐惧的雾气
相互结合。)那时它们隐隐地
在时间的脉搏里跳动,夜里她们伴着
模糊的声音沉沉入睡,窗外
中原的风雪交加,扑在窗玻璃上
像一只只未来之眼,回来窥探她们。

她已经熟知

她已经熟知那片会不断没顶的黑色潮水,
但是她再一次游向那个玫瑰般的中心,
当她望见你温柔的含有水分的眼睛。
她知道这一次可能也不能例外。

但是那份长在内心里的不灭的、
虚幻又永生的发光体,
让她知道她的身体可以再一次
在被熄灭之前去燃烧。
而现在这肉身正芳香,变得多么真实。

情侣

一看便知那是什么。
他们一前一后，或者说
他跟随着她。
他会带着一种贵族的笑意
品味着一盏吊灯和桌子，
她会缓慢地挑选着书架上的书
用她优雅的指尖，
左手红色的书
与她的黑色大衣正好相配。
一看便知他们之间有着四个人，
两个暗淡的他们自己，两个
他们为对方创造出的自己，
明亮的。再没有
第五个人的纯粹的
时光。

隐居

从五月开始,这成为现实:
一个寂静的小城,向她张开
一层层彼此相像无奇的花瓣。

阳台上几盆植物
在安静地燃烧着往事。
含羞草在鸟鸣中渐渐舒展的时候,
她正从累积的劳损中渐渐恢复。

但今夜还会有石子们
在她的新屋顶上滚动。
此刻晴朗日光照耀,不察觉
几道不减威力的闪电在她的身体里隐居。

人们过于迷恋

人们过于迷恋自我,而反感于
从他人那里看到"我"
不相信在这个字里
住着一位神。

这个字若崩塌,神将披着黑色的斗篷
穿过昏暗的田野,不为任何人所识,
任何人都失去了教养,失去他者。
不再能在高高山顶,辨认苍穹上

壮丽的银河带,那些仿佛就要掉落
又永不可触及的星星
如何被我们每个看见,然后
把我们每个融化。

镂空花瓶

从隐约的视线之中,我看见
那弧度,那弯曲的。
我知道,那丧失的,永远不会消失掉。
它因此才被称为"丧失"。
抽离了身子,却
留出了更多。
看这个花瓶,匠人打造
它其中空着的部分——
来使它成形。多么可怖,
现在,我正望着这部分形状
在自己身上渐渐成功。
望着命运的手在工作。

论花草

在很久以后，我才开始爱上花草
我从人类的忧伤开始
从那些喊不出声却大张的嘴
从废城上骨瘦如柴的灵魂
从在墙根聚在一起的三个妇人的身影
从一件被风鼓起的白裙
从一些不洁的辱骂里
从一间黑屋里藏起来的手掌
从两具痛苦的身体
从剧场里那些在苍白灯光下搬动的椅子
从哭声，从自残留下的伤疤，从
体液，女人的血，竖起的
中指，从帽檐下被压低的黑眼睛
从角落里肥胖的低音大提琴
破烂的皮鞋，钞票的味道
是从这些事物开始，是它们教会我认识
与它们相反的事物，认识花草
认识那些宁静与美丽，只需要在风中摇摆。
但既然它们有这样的能力，它们已经
不仅是它们自己
因为忧伤并不会仅仅止于忧伤

更不会消失。因为如果它消失,所有与它相反的事物也将消失。

圆月

走出为你而举办的晚宴,来到
花园。乐曲声变得渺茫。
你抬头望着圆月,圆月照着
这里的生活,黝黑的
树枝、绿漆的铁转椅
与潮湿的石板路。瞧,
都是昨晚的老样子,
它并没有被触碰过,

也没有闭合。明日起,
这样的圆形将又开始一点点
打开,一点点被削减。
它依然等待晨光、燕子的
剪刀、孩童在地上滚动的铁圆环。

它将永远迎接那些
经过它的"非它之物",
并永远作为它自身,
一口银亮的世代相继的棺木。

影

炎热的正午,打在水泥地上的
树的影子,根根分明,鲜活地生长。

它们不是我们的认知,不是
阳光穿透树枝后的产物;

它们是自身,
是原有,是自在物;

是我们的难以置信,
是我们的错过。
相比之下,在果树躯干上攀爬
是否是真实的?凭借那甜蜜的果实
却也常常难以得到救赎。

相比之下,我们语言的手
语言的脚
更应当怀疑自己。
更应当在喧嚣的热气中拉来椅子
好好坐在树下,只坐着,
停止发言,

听
影子和影子说话。
无骨之骨、无血之血，
虚无而饱满的另一种生长的可能。

孤独

这些日子对我来说，更重要的
是如何避免娴熟。要从黏腻中退出，
像第一次那样，为体内那个幼小的、
闪烁的东西，那个活着时血液供养的
东西，那个死了之后在骨灰中还具有
形状的东西而欢欣鼓舞。每一次都要
陌生。当我开始了晨跑生活，经过
一年来每天都会经过的花圃中的小草，
我一定是第一次看见它们。从来不曾
见过，不曾见过它们在风中被吹得
摇摇晃晃，幼小、闪烁。从不曾
像这样看得见它们的每一次摆动，
像是银色的，其实是黑色，不，
也有血红的底色，掺杂冰川上的白，
再看，再稳住灵魂的双脚，然后
是身体的双脚，再看它当然是绿色的，
极其平凡的绿。在某种巨波中
忍受且极其快乐地摆动。

对于灵魂

既然这具肉身还活着,
既然还有时间,那就
尽量争取得更少,那就把
这块玻璃,擦得更
明亮,更薄,
就减去更多面积,
留下更多汁液
与长梯子。

写日记

我听到那声音,
削铅笔的声音,
不停地削,不停地,你把
你自己削尖,削锋利,并不为了什么任务,没有
作业。你不停地削,只是为了解决这个
夜晚,它作是一个多余的东西,像一件
粘了重物的衣服。把
你的生命显露了出来。
你要摆脱它,要回到那个核里。
只有那么一丁点的东西,那么可怜。只有
进入那么一丁点的东西
才不可怜。

早衰者

无论是从身体还是心灵的变化上来看,她都显现出
一种早衰症状。
自从那一年突然的疾病和随之而来的一场分离之后
一切都改观了:身上的疼痛时常还像石头一样
滚动回来找她,她的话语明显减少了,
许多观点都厌倦于表达,像把一个瓮口
封得更紧,爱情在她的感受里,也变得与泥土的味道
接近,而并非在空中不可捉摸的风。
许多日子都一如昨日,有时她会猜想死神也许
就要在一个临近的夜晚来牵她的手,但一切迹象
并不能证明她对未来的生活失去兴趣,
当迎面走来一个孩子时,依然有许多的笑声
要从她里面飞出来,急着要与他相互分享
从未改变过的那点东西——那存在于
厄运将那些多余的事物抢走之后的世界里的,
也就是那孩子现在萌芽的双眼看到的世界里的。

无题

烛火在款款摇动,
冷烛与热烛参半。
室内的每个角落
都被它拽着。

我意识到我不能说
我身上所发生的过去
是虚假的,也不能
说它是真实的。

就在窗外,树与树
之间的偌大的黑暗
之中,我怀疑存在着
什么。可以说除了

这看不见的什么,其他
什么也不存在。也可以
说这看不见的什么,
让其他的一切存在。

阅读者

她挑中那个靠窗的座位,
将她的草帽放下,连带着
一些我们看不见的事物也一并被放下,

松了口气。鸟儿在窗外衔着歌谣,
她白色度假风情的小开衫
在一束阳光的聚焦中开始接近一枚果实——

这像是一段她不可企及的时光,
所以她正用灵魂踮着脚尖,
当她拂去那本她选中的读物封面上
一片灰色的朦胧,准备翻开它,
忽然,一抹微笑在她脸上荡漾开,

如果不是我看见,就无人替她收藏这个小奇迹,
她自己也不,因为接下来这粉色的微波
预示着的只是一场全心全意:

(即使这也许只是我的期望,)
它很快收敛起自己,像一束
折断自己而从枝头落下的玫瑰,她将

翻开书页，掉入那个失足的低洼，
双足将探入那个更深的地方以够得天堂。

边境

我真的看见了上帝。
就在我这间小房间,当我蜷缩着,
意志在另一片水里下沉。
我看见你的美好形象就在吊橱的
一角渐渐被勾勒,你的形状
模仿出我的痛苦。
用痛苦给我加冕——
让我沉得更深——几乎像从坟墓里唱出仙曲。
然后我在床上渐渐入睡,去迎接下一次
的醒来,到无人陪伴的绝望里
——再次有幸看见你。
你就这样既让我从不获得人们定义
的幸福生活,又从不死去。

最甜的

你说"你曾放弃了"。
我难以辩解,我的确
放弃了什么,并且很难再回去了。
它也已碎。但我放弃的不是那一样
——它一直在,它是我身体里的事,
是我出生证明上缺填的。是我无法
改变自己的。是我终究知道的。
它们是我唯一的一种爱,可以称为
对宇宙的爱,也可以称为爱情,
也可以称为"你"。
称为理想、光,
称为最美的带啤酒气息
的昏暗、我们顺着铁梯爬上的
星星露台、最甜的死。

正午这棵榕树

正午这棵榕树在创造着。
它的根须纷纷垂落,被园艺工人裁剪过后
活像女人齐整的长发。
它创造密集的手臂,小果实们
在暗暗发亮,像遍布的
敏感组织,它创造鸟儿们活泼的喙,它们编织
带有声部的歌唱。

到了晚上的时候,它则创造另一种:
整个的它沉浸在阴影之中,鸟儿们
不见了,幽暗的得到满足:
昨晚她从它的根须下路过时
听见它
创造的寂静。
如果她是和爱人一起经过,会遇见更多,会看到
寂静比鸟类更加精致、灵巧的嘴型。

感官世界

因为一位陌生的少年,我又回到
感官的世界里。
我们搭同一辆巴士,他坐在我前座,
穿一身竖领运动衣,却像是活力在裹着
与自身相同又相反之物。侧脸的
眼睫毛长而浓密,它造出阴影。
我们只有过一次短暂的
目光相接。像星与星交汇的不可能。
同在终点站下车,我们一前一后,
他抽起烟,深蓝挎包沉甸甸,
想要把向前走的他拖住。在细雨降落的
大街上,他贡献这含蓄的感官艺术。

我熟悉的青春,我逗留过很久的那片海岸,
我曾沉沦于它,现在依然
为之迷恋。海水从不可能彻底退潮。
我所熟知的一种宝贵品格就在
那条蓝白相间的远去的海岸,在
大街上可能突然再现的
生涩的表征里,偷偷地生长。

当我拐进小区弄堂,最后一次回头
目光穿过一排树荫不再看见
他的身影。他是否会想到
一个陌生女人想要为他保存下
一副少年的形象,担心有一天他很可能
为它感到愤怒,出于打造它的意图
而完全毁了它。

鸟鸣

鸟儿,在晴天
啼着,啼着。
昨天是
阴雨天,它们
　　也这样啼着。

别犯傻,亲爱的,
还是别问吧,别问这啼啭
是不是
　　人的快乐。

夜读

雨点愈来愈密集，
这在夜色中不能见的，凉的，
忧郁的透明物，打在
夜的呼吸间，在
桌上敞开的书里，诗歌

正变得急促。雨声，正在
你们的肉体消亡处
　　　　　　补位。

这不可见的，
这无色的。
　　你们
不断翕动的嘴唇。雨。

桌前夜读的人，随着唇间一阵
湿润——完满地被占据——他也空掉了。

园丁

他悉心栽种了那棵大树,供所有人观赏。
这些年来它健壮,丰沛。
在公园的入口处。
但他常常忍不住
退回那个僻静角落,那个需要
拐几个弯到达的地方,看看那些
小花,野生的小花,
躺在那片多少显得粗野的草地上。
他想要听听它们说些什么,
看它们怎么自然地开放,
而他进入这第二种工作。

义工日

墓地的磷火，在偷偷闪动，
那天持续看到，在他们
的眼睛里，它们不依不饶，
不放过我，"小姐""小姐"，

它们呼唤着，经过
他们身边时，他们的手
几乎就要握住我的，他们需要
一个支撑，一个活物。否则，
床板与骨架都正在松散。

我明白我在这里的工作
是为了死神，却也为了
人，为了人在它面前尽量体面。

在加尔各答"垂死之家"，
我楼上楼下忙活，手忙脚乱，
为我的恐惧而愧疚，
我的力量很小，很弱，
平静的时候惟有在那个
昏暗的厅堂一角，我被分配

折叠那些刚洗完的毛巾、
手巾,必须将它们折得
整整齐齐,然后将它们

一个挨着一个,一叠靠着
一叠,在木橱里透出色彩,
纯蓝的,纯白的,带着
皂味,逐渐柔软,(是的,
它们已经准备好"重新来过")
像一份一份尊严。

手

昨夜里像野兽般冲撞的词
正在退潮，没什么
要去呵斥的了，没什么复杂的。
很简单，我与他坚持站在各自的一方，
但所有的支离破碎之中，
爱与被爱，还是从我们之间的汪洋里
被冲刷上岸。暴晒在
日光下。像两双手。
是时候彼此道歉了。
那个冬天我在散步的地方
见过一只小布熊，它
躺在冰凉的地上，被
一个好奇的孩子拾起，又放在
一个墙角，让它倚靠在那儿，然后
离开它。它的手依然保持原样，
那个无法改变的天生缝好的姿势，伸向
前方，张开，像索要
一个简单拥抱，
一片冬阳在那个位置替代，空空荡荡。

致命

她将在晚年的一天再次想起
与年轻时的她在一起的男人,
将忆起他们,不仅仅是忆起他们之间的
那些爱与被爱的细节,那出走又
和好的故事,那些争吵,肉体的结合。
还将忆起的是一种没有情节之物,
那把他们在第一时间联系在一起的——
此后在所有的纽带拉紧时总是首先绷紧了,
在所有的断裂后也依然不会断的一种无形的存在。
这只属于一个人一生中的年轻时代。
每逢夜晚开始生长的幼小的兽,
还未被驯服,它的眼睛里
闪烁着最纯正的柔光,可用来寻找爱
与伤害,寻找所谓的一生。
少女拎着外卖食物,像只鸟跑过雨后的马路。
她的白色围巾向身后飞扬。绕着她的脖子。
街道肃静、清洁得过分,
但她正不被自己察觉地冲破某场茫茫大雪。
她正掌握着那致她命的。

把音乐关掉

把那艺人的音乐关掉——
因为鸟儿啁啾,
树叶在响,
你在我身边。

把音乐关掉——
生命转盘转得太快,
可以替代音乐的时刻
多一次,就少一次。

快抓住它的裙边,
永在消逝的圆水晶。
快成为它,
把外面的音乐关掉。

秘密

我把那十二位诗人
来自不同国家不同年代的
十二位诗人的名字
写在一个本子上
写在最后一页
一行
写一个。

他们像十二个不同的琴键
黑白错落,发
不同的音。
没有一个与另一个
一模一样。

但那是同一首曲子,那是同一个时刻
在伤害他们。

如今我也在埋怨,愤怒
垂头丧气,转过头去。
但这些也是我的渴望。
我渴望被那个时刻

伤害。
那一定是一个不断再生的时刻
它强悍得不死
比我们中任何一个都活得长久
把我们相加起来,不断
印刷,在我们难以阻止的
一些小小的夜晚。

那一定是一个很小的时刻,
非常小,像一个把自己丢在路边的
醉汉的孤单身影,能格外清楚地
看见月光,听见猫叫
闻见六月夜来香浓烈的味道
卑微的祷告语
怎样一个词
跟着一个词。

那个时刻

那几年她满脑子想的是离开这个地方。
她觉得有一部分东西
从出生那日起丢失在另一个地方,
需要找到她才完整。她那时
虽从未确认,但某些时候一定是这个念头:
"在未来,那个时刻,圆满
会如约而至。"
埋伏在大脑的阴影处
不被察觉地支撑她
度过那些差点自绝的夜晚。

  现在她正处于对过去而言的未来,
但没有什么"那个时刻"。相似的夜晚
还会偶然地来临,但她
已经不再依靠那个曾经存在的念头,
不再有什么"丢失的东西",她在走过了
一些不同的地方之后,她知道了。
只有那轮清澈的、缺角的月亮,
街心旋转的风,擦亮的酒杯,
只有厨房里的盐与甜果酱。
只有无声的哭泣在她入睡前航行的
小船上。只有清晨缓缓张开眼的含羞草。
  这些是从未有过缺失。是完整如初。

在人群中

在人群中的确会获得愉悦。
狐臭，汗味，吵嚷声，吐痰声，
这些对于一个还在疾病中的人来说，
就是宝贵的，让他从无声的海水里
露出脸孔呼吸。呼吸这些
声音，呼吸这些翕动的嘴唇。
他会感到面前蹲在地上等车的女孩
呕吐过他想呕吐的，那位倚着灯箱的
中年男人有过同样的冲洗相片的经验，在
足以吞噬一个人的暗房。
那些一卷卷的像梦魇般的底片。
而他自己因此可以继续在疾病的
海洋中有力气再挥舞着思想的
手臂至少过一个夏天。

下午

这个下午是伟大的。什么也没发生。
低云晕染天空。床单在它每日恢复的
平静中生长暗绿植物与繁花。窗外,
梧桐叶子缓缓凋零。从楼道里出来的
一个女人,走向三轮车边的另一个
女人,她们交谈,都穿黑衣的身姿
像两只鸟占据在两个位置,用
她们眼神里传递的神采保持着平衡,
以及交谈时频频用到的手势,抬高,
或者打开,或者向下垂。
我不知道是什么让我把捧读的书本
放下,也许那时一个词
在纸上,碎裂开,但这件事不起眼,
持续的是它随后闭拢潮湿的
呼吸,同时把我
停下来,既不用冥想
也不用诵经,只是突然去看,
不清楚那是什么,但它无疑是伟大的:
把所有景象都平凡地显现出来。

夜晚

在海边小岛上,他
带着一个秘密,不准备将它改变,
无论是他将那封信塞回信封
揣回衣兜,还是他的眼睛,
那里比海水更蓝,从旁人看来
忧伤一望便知,但它不使用语言。

他只是那样(胜过所有的诗句),
用单纯的动作,倚着树干,手插在口袋里,
凝望着海面,很久,很久,

他会做到尽善尽美:
让这个夜晚就这样白白过去,
让自己就这样被荒废。
什么也不会有。
陪着月光。

晚年

客厅里摆着一个鱼缸，他忍受不了这个"0"。
他终年做着加减法，养两条鱼，有时四条，
它们逐一死去，然后再找来一些新的替补。
他在极力地寻找着一些微小、持续的死亡，
一些动静，在沉沉的房屋睡眠中，但他也
承受不了翻涌，不去想那面白色窗帘怎么
没有描绘图案，怎么那样的白，他把自己
隐入室外图案中，完成了围绕社区第三圈
慢跑运动，他不知道为什么星空如今有些
黯淡，星子难以寻找，把尖刻的光芒收拢，
就像当年他并不知道它们为什么那样急促
低俯下来，附在窗帘上游动和死去和再生，
更多的难以死去，张着危险也俏皮的嘴唇
来寻找他。

肉体之诗
——致卡瓦菲斯

读那些肉体之诗:
好像乘坐电梯,一层层下降。
远离大街上的注视,深入
被禁止的。那里
没有五月的阳光散落,只有
吸引我的蓝火。
在诗行里,它以危险的纯度
取消了危险投下的暗影,呈现出
清澈,如天空和湖泊。

窗

在六层住宅楼的黝黑躯干中，
第五层，被戳破的一个洞眼，唯有它
亮着灯，整面竖着的长方形被暖黄
溢满，仿佛只有它还不厌倦作为
人间代表，我又看见了窗前那个
小身影，他令我早早识别了这扇窗。

他曾把它敞开，独自向着天空惊叫
或呼唤，没有名字，没有确定的
语词，像远古时期的一种跳跃，
像空中会因他降下那条火舌，像
一个更远的母亲，月的橙色，并不对他
加以理睬，但给他纸灯笼里的妙影；

他也曾发另一种嗓音，幼小的咕哝
诱我从傍晚的沉落中抬头见他
向窗外伸着一只手臂，手心
垂下一条直线，看不清他的诱饵
为何物，以什么来垂钓那一片
半空的虚无，并在喉间惊喜万分；

此刻他正在他母亲的陪伴下,展现
一种新的景观:在这个春节前夕擦拭
这面玻璃,把过去这一整年的灰尘
擦掉,把那些影子、叫声与火的星子
也都擦掉,把透明擦得更加透明。依然
雀跃,像春风中的小草般摇晃自己的身体,

抹布在他手中如海岸上的浪花。他正在
他人生中早年的教养课里,以这一面
无用之用的窗子,预备着预言与启示,
给十年、数十年后倦怠地从楼底下经过的
成人的他——我正与他擦肩,闻到他身上
忧伤的酢浆草气味(混合着河谷、荒地、

岩洞、爱情、自我等)。他将在这里识别
那一桩永不会改变的事物。当有一日这里
已成废墟,他也将凝望五层楼的高度,作为
一个返回的灵魂,得到安慰:那虚设的
长方形。然后有勇气离开,既然四处的新鲜
都是陈旧,四处的陈旧也都是新鲜。

鼓岭即景

刚刚下过一场雨。
蓬松多汁的柳杉,明艳的
戴在姑娘头上的花,斜坡
通往住处,那座石头房子。风,
一阵又一阵地玩耍。
在叶片间的幽暗处,蝉躲着。
云在头顶走得飞快。
快要来不及观看,一只小手
在眼前摇动。老年人合唱的
《喀秋莎》还在萦绕,像从
教堂的深洞传来。对,还有
更多的鸟,黑色的鸟,像肥沃的符号
在大脑的深处振翼。这么多,这么多的,
我看到了这一切,
又什么都没看到。
在这空的山岭,
没有什么需要追寻,
空旷的年纪里
我发出笑声,因为
一滴水珠
落在我的头上。

五月

五月,有人披着雨衣从远方
来到你的住处
告知你你的处境:
正位于风暴的中心,
窗户在谈话声中震动。

你在拂晓时辗转,醒着,渴望遗忘风雪,
渴望回到倾斜的屋外,回到自身以外的五月:
万物正在重新生长,四处皆是微小的
报答与救赎:轻的鸟翼,蛙鸣,
蚊子的嗡嗡声,多雨的时节
刚刚过去,孩童结伴上学的笑声
会点亮晨光。返回五月,
一朵不断修复的雪莲也一并消失,
返回五月就是意味返回蛙鸣、
细雨与渐热的空气,返回
不变的那只钟,
返回没有处境的自身以外,
意味着返回
自身,返回
"无"。

萤火虫

我想起我那为数不多的挚友,
现在我的身边没有他们。
我看到前方草堆里有什么升起,交杂,
扑朔迷离的忽闪,忽闪。
这些萤火虫既真实又是幻影。
好像即刻消失,又重新出现。
我闭着眼,接收附上眼睑的
它们,就像接收从童年来的
暗喻,这些撩拨静夜的信号。
我曾捕捉它们装进纸灯笼里,
看着它们(夜里唯一的语言)
入睡,次日又将它们放掉
——这似乎就是我一生全部的愉悦。
它们像在地上游弋的捉摸不透的星星,
此刻向前远去,带着我的惊叹。并
渐渐在我们之间留出空漠的声音,在儿时
我听见过这种疏离。淡月光的草地。
我渐渐确认这些小虫子,
这些寒冷又明亮的,才是我一生的事业。

营业

绿色的清晨,绿色的书店露台。
一夜之间,落花覆盖了这里。
我用抹布把散落在桌上的它们拂去。
(这些嫩绿的、在雨水中
浸透了一夜的幽灵。)
一目了然,我独自在这里,
只与这些死去的花儿在一起。
(通体潮湿的它们,完成了
最新一次的臣服。)
昨夜失眠在体内遗留的
窸窸窣窣的声音,我打算
将其驱赶出去。
新的一天已经开始,
往玻璃窗内瞧,两三个客人
已经来到,在高高的书橱前踱步,
都是一个个静悄悄的自己,
基本不会在这里发生交谈。
我也一样,也只在噤声的落花里
查找自我。
(它们静躺着,柔软着,精巧
甚至可爱……)

一目了然,
(在它们所有的痛苦之上,
它们静躺着,像一种简洁的、嫩绿的笑。)
是我自己选择了现在的生活。

找到那个声音

往正午的井里放下我的木桶
它轻轻摇晃着,垂向幽暗冰冷的清水,
那里水纹散乱,众声齐鸣,
但我手里的粗绳只有一条,
我要拽紧,这唯一的。
像我的母亲,只有一个,
坐在门廊里,在我的背后诅咒与爱我,
与剪她的风声一起,它们打起结
全都拧在这绳子里,
我只有这一种人生。
虽然我拽着它,像另一个人
拽着他的。并且为了
像另一个人
拽着他的。

自由落体

不去碰那些漩涡,
远离所有的高温物体,
在所有事物的边缘,
内心正在下坠到
它自己的真相里。

普通人

一件衣服,白色的,棉质,
没有任何标签,许多人都可以穿它。
没有一个词语该归我独有。
我只有一颗被一群人共用的心,
只是对着星空,尽量接收它可检测到的频道,
并且在它流浪的边缘加了栅栏,
并且在它内部,有一条锁链。

语言的危险

浓厚的雾气笼罩了火车车窗外的田野,
一对夫妇正沉睡入他们的暮年。
当另一辆从对面开来的列车
与此辆擦肩而过,它们之间准确的缝隙
擦出风。那对老夫妇的梦
摇晃。

美的技艺

在只余残树桩的乡村泥泞小道上
三脚趾的足迹——在血光、虱子、垃圾袋、
脏手巾里——在艳俗的女人的红裙、快要
向外溢出的腰间脂肪和她们关起的
木门内那口灰锅里——都可能找到
它留下的微弱的叹息——没被造好
或后天缺了角的东西——怒骂的渔港少年
手中弃掷的,吸着风或酒精,虚弱,而长命。

生活常态

多年来,我的手套,总是容易丢失一只。
这样一来,赤裸在冬日的那只手,便可以
在我一边走路一边看书的时候,灵活地
翻动书页,将炽热的灵魂在寒冷中摩挲个遍。

在上海

在上海时总有一个声音,玻璃片
质感,我庆幸它出现在雾霾里,
又滑过地铁站前唱片推车播放的
小野丽莎,像割伤的喉咙掉进我心里。
在南京西路餐厅里的一份意大利面里
它消失,我进入雀跃。暂时它
在后方临座,观察我。
我庆幸那些日子我占据的只是
这座城的一小份微不足道的
荣耀,正如只是占据它的一小份伤害。
但后者显然位于一个更重要的位置。
呼吸的时候可以感受到的位置。
在呼吸里,隐藏那些玻璃片。
我庆幸在上海的那些日子我始终
是在它的外面生活,我从来不曾
成为那"内部的人",这样我可以
混迹在那些穿清凉吊带的姑娘
和戴礼帽的洋人之间,他们
看不出我满身坚硬锐利的鳞片,那么
自由,从商场的正门进入,又从偏门
出来,从偏门进入,从正门出去。

我若是一只鱼，这座城对我来说，
也是一片海。也可以救赎我。
它让我的里面疼得多，消失得也多。
我更害怕的总是，那危险事物的消亡。

卷 二

更小的事物

我在乞求这样的日子
过去,这在我的时辰里
命定的日历页码。我无法
提前撕掉它们!

我向更小的事物乞求:
不向高台,不向群体,
我向更小的一朵,
很小很小的无名花。

有名字的,始终骄傲,
因为忙于填补他们生命的漏洞。
而无名的,更加诚实,敞开
致命之处,让风

进来,让虫豸进来。
我祈求这样的日子过去,这里的
浪花溅得太高,别让我的裙子
湿了,我要尽早回到

那很低很低的花丛,

去到那毫无奇迹的地方，
每天逼近死神，接收
神意，用宽大的空白的围裙。

一样的风声

那时我想:"我们永远不会
完全理解对方。"我还在负气,
走在父亲前面。忽然地,
一阵风吹入我们之间拉出的
距离,风中还搅动着让夏日
和我们变得犹如梦的存在的
蝉鸣声,这声音的大袋子鼓起来,
风鼓起来,就是那一瞬间,我想到
或许自己想的错了。风同时
掀起我与父亲的衣领,这什么
也不说的风,这什么也不用去说的风,
我意识到在这一刻父亲听到的
风声与我听到的是一样的。

两种声音

我一直在逃离的是一种电视机的
声音,我父辈的电视机。在
许多年里,我总是带上行李
朝着与它相反的方向去旅行。

并且为了把另一种声音分辨:
微弱的、摇曳的,但在深海里
会像巨鲸一样庞大雄壮。
我曾在一些人的吉他琴弦上

听到过,在一些陌生的河道上
听到过,在陌生的雪与舞蹈里
也会遇到,在火光里是最容易
将其辨认的。但终有一天,

当这些风景像列车车窗关闭,
当我又坐在故乡,坐在一个
新年的门口,再次听见门内
那台机器周而复始的声音时,

我已不再害怕。那些风景

在我体内蓄积了厚厚的落叶。
我了解到一种回归就是一种
离开,反过来也成立。我坐在

童年坐过的小石狮子上,刚刚
我把它冲洗过,能听到我想要的
那个声音其实一直就在它的
胸腔内,那好听的安静的吼声。

写诗

日复一日。指针在建筑立面上划动着光影。
在这个等候大厅,有各种各样的人。
各种气味。我吸收它们,
在它们之中寻找某样东西,某样
我丢失的,又不仅仅只属于我的。
我总是像一个紧张的异乡人,在人群中
揣着我的号码纸条,直到有一个来自上方的声音
忽然喊出纸上的数字。

再次开始写作

今晚我弄丢了我的本子,
在夜的纸上,不能掷下一词。
因为生命已经完全占据我,
不容我分一丁点神,把我的笔
也挤了出去,它处置我
如一块在手术台上正被切割的肉,
只有无声的呼喊和涌出的血。
生命已经太满,已经不着一词。

直到此刻,从哪里借来的力气,
我把我暂时抬起来,放在
另一个台面上。

生命,像有了另一个影子,
像长出另一张嘴巴……

像一个窃贼,盗走词,
又像一个好心肠的护士,
把那些带伤口的词一一点数,再
一一撤走……

回顾这一年

"始终生活在一种真相中，是幸福的。"
我逗留在你的这句话里，想着这个
真相是什么呢？是什么清晰可见的
物质？我想到下午经过那片草地时
看见的那个老头。他手里拿着
不知从何处卸下来的一个窗框，
玻璃已经在其中缺席，换句话说，
它已经没有用处，这但凡谁认真
看一看都会觉得是形同虚设的东西，
真不知道他要拿它做什么用。但他
一脸的认真，不带一丝疑惑，把它
翻来又倒去，像是确信自己非如此
不可。或许在那只剩下空气流动的
豁口之中，有一种透明的绝对之物，
他老早就已将它确认，也或许他就只是
单纯为了把面前的风景框在其中。
实在的，这片风景，并未因这个四边形
而有丝毫改变，但是它改变了
他面对风景时所选择的范围。

睡眠课程

当初，我们离开父母的体温，学习
一个人睡。我们渐渐爱上那种感觉：
自由，看着降雪的玻璃球玩具
渐渐合上眼睛，合上这幕
模拟一种空旷与寒冷的剧目。
后来，我们演变课程，
和另一个身体靠近，擦出火花，
在对方的身上寻找到幻想的
地图，进入梦乡。
再后来，我们其中总有某一部分人，
因为某些缘由，像长跑又跑过了
一圈，又来到起点，重新体会
自己一个人，并且不再是
某种带着期待与满足的演习，而是
在那个空出的面积上，
死与爱，这两者犹如
两位熟客，代替了那个原有的
身形，它们纠缠在一起，直到
我们在深夜秒针走动的声音里
渐渐吞进它们，将它们在胃里
融合得完美、彻底，

消化,毫无所求,到
睡眠的空房子里,
我们的惯性不再说话。

三十岁

他越来越不假思索地行事，
既不感到快乐
也不感到不快乐，
所以安然。

不假思索，因为凡事
他都将向内快速查看，申请
得到那一位的允许，而不向外
多问一句，不关心外面的加减。

他明白了：很多真相不在于
事情的表面，而在于行动，
很多真相也不在于行动，
而在于你为什么行动。

所以，他常常什么
也不做，为此心安。
有时做了一两件事，
为此心安。

参与者

他们指称他为一个离群的人。
但事实上,与其说是他离开那一群人,
不如说是那一群人在离开他。
他也走到他们中间,和他们一样
谈论花园里的月季、茉莉,也为
古老的花砖纷杂而温情的美丽感动与称赞,

并且穿着绿色的衣服
坐在树木的阴影里,成为它的一分子,
成为自我消失的部分。
乐意于这种极致的参与。

但一旦他撬开一块地砖,
往下探视里面藏着的黝黑,
想进一步获悉土地深处历年来成功的隐瞒,
当他抬起头,会发现所有人
已经撤离,向海滩上的阳光与叫卖的零食。

摸黑上楼

没有去开楼道的灯。"不需要开灯"。
她挽着他的臂弯,他们紧挨着,步伐一致,
逐级而上,在夜晚的楼梯上,像
两盏自己发电的电灯,无人看见他们的光芒,除了
他们互相看见。

弱者

"瘦",一个女人
抓住了这个字眼,
作为一个发力点,

把她的怨气
都附着在这个针尖上。

一个已经衰老的女人
紧抓着黄昏,抓着嶙峋

的身体,绝望
降落在她的内心,

她像一位女性的约伯,
抓着医生开出的证明
"瘦",她要上帝可怜她

所以她将要数落一个晚上,

也就是哀求一整个晚上。

手艺人

他解释得很少。只留下了
他的手艺。
他在他的一生和之后更长的时间里,
没有去寻找他的知音,没有分心,
他的听众一直只有一位,也是他的惟一导师。
他没有将他的音乐下降到
更广阔的座位上,
只有他的知音沿着倾斜的坡面
找到自己时,便找到了他,
凭借着那位导师分发给他们的隐秘地图。

清晨启示

夜晚已经消失不见,桌上的
蜡烛,只余灰烬。我洗了头,
换了衣服。昨晚想过要永远分离的人,
现在,我要去见他。

在路上,我忽然讶异我的脚步,
它们交替着鸟翼的迅捷。
我想到我母亲,今早她离开房屋时
心情雀跃,仅仅为了她
即将要去买一件衣服。

夜晚教我把一切都抛弃,
视如云烟。但清晨,风
又变得具体,并且一切仍然在
一种空里,可是同时,它在流动。

家中书橱里那本佛经,
被我的内心携带,在那里翻开。
但也几乎,是同一刹那——
我因为寒冷而把手插入口袋时,
摸到了我的那只鲜红本质的唇膏。

无题

对有的人来说，诗是变戏法，
是跑到屋外，把一种声音
转动，是焰火的外部形式，是
多出来的那一份生活。

对于另一些人来说，诗
永远不多于生活，在一扇
封闭的门内，
一间平凡无奇的小屋，每逢
夜里，一个人就手握灼热的电筒，在自己身上
寻找抽屉，想要一个一个打开查看。

一个人无所事事，拥有自己的房间，那么
他要不完全被诗隔离，在他那更安全但短视与单一的
身体里，要不，他就完全是诗，打开
一个个夜晚，且不在其中多变出任何一首多余的。

真身

何为真,何为假,在我的几种身份里,
难道我是其中之一,而不是另外的?
难道我是她们的总和?
不,都不是。

我更愿意相信
我是在这个总和里一个个地
减去她们,最后
得到的那个存在。

在那个存在的时刻里,
任何不必要的变动都不发生,
又与所有(静止和运动的)事物与时间混在一起,
那时的我是我,也是宇宙,竟然。

女祭司的陌生化

咒骂的词、怜悯的词、
尖利的刀、一根温顺的白萝卜,
她将它们集合。
这是她娴熟的技术。
近来的一点变化:
这位女祭司将
这混乱的仪式时间逐年减短,
在最近的这一次,她可以按捺住
语词的燃烧,回到那张沉默的沙发。
这表明在三十年后她开始学习将她女儿
视为一个陌生人那样去爱。

同时我也将接收到她的陌生,
神旨在那里更显著:她把语气磨得平了些,
把表情收到皱纹里,这样我才会感到
她的一些构造我并不熟悉,
我错过她许多的险峻、告急与和平条约,
那些紧紧与我相连的部分。
那些我永远偿还不了的她独立的痛苦。
我从未同等痛苦的痛苦。
她在陌生之中炼着这枚不容忽视的金子:

一种最平凡的痛苦，一种纯粹的真实。

在书写这件事上，我也在学习着
这种节奏，克制一些写诗的冲动，
把那个布袋的带子收得更紧，感觉手上的
重量，里面的东西
在逐渐下沉。

在词语之前

是两岁多的她在教会我,而不是我在教她。
在她的叹息里,我得以放下自己的重量,
在她的眼睛里,我看见事物的颜色,
在她的渴饮里,我渴饮,
在她的手指尖,她给我指出一颗
大白天里闪亮的星……
一颗在不存在中存在的浑圆的果实,
什么都还未诞生,但什么都不曾受损,
不像词语。一些时候,我也在
躲避对于我无比熟悉的事物,想闭合
词语的伤口,抚平词的酸痛,
把全身的词抖落,踢到一边,只与她
并排趴着,在那棵松树底下,
蝴蝶的一对歇息的翅膀,
圆满的本性正在词的外面,
无声地翕动。

更沉默的生活

车站前湿漉漉地绽放不同色彩的雨伞。
苔藓肥厚,只等着很少的人光临。再往里走,筛选着
阳光的绿叶、孩子丢下的发夹、歪歪斜斜的
不完整的旧花盆、几只白色的麻袋。地里埋着的
火、吻以及一本蝉翼般的姓名簿。
风在寒冷的内心吹动沉闷的树枝,欢快的
还有,还有最高的技艺——
自童年而来的不绝的鸟鸣,划出音律的消逝,
只与苹果味的空气为伍。

使用时间

是的,我想好了。
唇上的伤在结痂。
我坐在绿色的叶子下面,
坐在绿下面。别的色彩分开
在道路两旁。

坐在公园抽着新芽的歌声和
闪烁着黄昏的书店之间。
只有风是常客,来回涂抹
这条小路,这张
在密集震动的字词旁的
插画。

这样的生活,也许总有人会觉得:
真是够了吧。但这一个月,
我还是不想做任何改变,
里面的风摇动我,我感到快活,
不知道时间在何处,要找它做什么。

隐居

拆掉那些像是石头
又不是石头的装饰物；关上
一扇门，一扇门和
一扇门。减少家具
与你自己。只在某些绝对的时刻，
被叫醒，进入一场梦，
目击一把倚靠在门柱旁的金黄的小提琴被夕光
突然点燃。
而你像一个疯子，猛地
起身，为了抓住什么，不顾倾翻了
装牛奶的杯子，就要在纸上急迫地撒下一行
某一位口授给你的灰烬。

清空练习

我抓起那些我熟悉的事物,以及
未知的事物,填满这只袋子,
这是为了什么?为了
那鼓胀的感觉?
这可真奇怪。

不扼杀一只袋子的用途,
尊重这一点,日复一日地喂养它。
但每个晚上我会再把事物一样一样
从中取出。通过变化去巩固
它的容量,也巩固
它成空的能力与本性。

快乐气氛

今天一股想哭的冲动,像被唤醒的海浪,
以为它退去了,却又回来。
不是因为发生了什么,仅仅是像一个
初次看见海的人
感受着周身所有平常的骚动:我同事工作的
样子,面包店里的服务生捋了下油腻的头发,公车上
抱着孩子的年轻妇人,修地铁口的老人抡起的
锄头,只是留在家中却令我数次以怀念的感觉
忆起的我父母,所有的蛛丝马迹,所有的
阴谋,所有掩藏着的
苦涩物质与在它们的表面飘荡的轻浮又可贵的快乐气氛。

记忆功效

庞大的水产市场如同一只上岸的水生物，
货车钻入每条分岔路的神经，工人们
一波连接一波，彻夜换岗
运行它的生存。咸腥味从每个角落
如同汗腺分泌，延伸至大马路的潮湿。
那对情侣将在马路对面旅馆的窗口向下
俯瞰这一切的同时，被某物从更高处看着，
牌面被一轮轮地翻转，
但并非没有一点点的主动权——
他们会记住那种生理的味道，会在记忆中储备
这些流动的彼此啃食借以存活的灯火，为了
照亮几个月或数年以后也许到来的弱光的日子。

一瞬

卫生间门没关,我要把一只
红色水桶提进去,母亲
就坐在马桶上,我听到了
那股声音,清晰、有力。用余光,
我瞄到她的身影微缩成一个乖巧的女孩。
这声音令我高兴,我觉得
这很重要。安娜·斯维尔
在她的诗里描写她所经历的战争时代,
说做护士的她爱脓水、鲜血与大便,
说世界将死时,她不再是
别的任何存在,而只是
两只手,递给伤者一个便盆。
她说得多么准确,多么精湛的
减法,剔除了所有
可能的假象。那种处于终极时刻的艰难
与我此刻体会到的愉悦
没有一点相似之处吗?
如果有,那是什么?
让我突然就觉得被恩赐,
觉得新的一天并非如之前所想的
那么乏味与难过,觉得

笔尖也是新的,发着金属的,
不,更像皮肤的光泽。
那声音是说:"不要放弃。"

鱼腥草

她把那碗闻起来既是臭的也是香的食物
放在我面前,然后坐下来要享用
这张桌的一角,要与我分食
这奇怪的药性植物,在酱油的裹拌中
它看起来是肮脏的,黏糊糊,一种幽闭的绿,
像发霉的颜料,它却能给我们肠胃本是一体的
母女带来一小段时间的喜悦,尤其对于她,
她一早上蜇满了怨气的嘴,可以用这植物来敷,
她幼时的记忆,可以在这种味道之中活过来。
鱼腥草,让这对母女竟然达成一种默契,共同的
一种怪癖——把过于头头是道的人生推到一边,
那层层累加的,用来陈列给客人观看的繁重的木架,
现在它消失在墙边。现在,世界就是一盏灯照亮
餐桌上那一小盘绿色幽灵,关起门来,听它的低音,
我们沉浸在亲情以及另外一种更模糊的感情里,
共同品尝它略带苦味的善意与阴性的疗效。

介质

一面弧形的包围,
一条庞大的丝带,
后方的深绿环抱着
前方的浅绿。
时间的新旧正在
交汇、融合。绿的音乐
渗透进地底,渗透进人的身体。
这样的郊外的树林,
我又怎能把它们说出?
一首诗怎能替代它们?
能做的仅是在纸上用字凿开一个小孔,
透过它去看看在它以外的,
透过它看看那些
终年变化多端的绿,
那些永远会朝我们
袭来的绿,那些我们永远
抓不到的绿。

失语者

她找到那个角落坐下,裙角避开了
碎裂一地的言不达意的语词,它们
还在张着鱼嘴,挣扎着银色的身子,大口呼吸。
她不理睬这些,现在重新伸出手,是为了触摸什么?

身体迅速冰凉下来,包括她玫瑰色的唇,
她伸出手,把手停止在一个位置,某物
悬绕在她的指头上,
没有下落:她终于为此微笑,感到完美。

初衷

当我想要读诗之前,
当书页上的字还没有清晰地
告诉我什么之前,就在
这种间隙里,最重要的事情
也许已经发生了,我能感觉到
在这阵生活的变奏中,
那个不变的还存在。
在它将要开口之时,一小阵轻微的骚动
在近处那片夏日的树丛之间发生,然后
迅速地安静。一只麻雀
在枝头上四处张望。而我
从之前的时间里
脱离出来。

你自身的寂静

不,不会有一种生活是
你能够看得到尽头的。
即使是最无聊的,你认为
按部就班的生活——只要
你保持住你自身的寂静,不被
外面整体阴森的沉默吞掉,那么你
总会听到那种声音:
每一天在你自身的琴键上
调试着音调,并且
去到最细微的地方,
你要将它弹得将断未断、似断非断。

诗人

清晨,一颗露珠从一片树叶
掉落至另一片,没有碎裂。
它吸收了整个夜晚,然后,你将
携带它,
在七月炽阳下近乎高烧的昏厥中,你将
醒着,站立,
隐秘地依靠它——
黑暗的清凉的中心。

快乐的别译

不是金子的亮度,不是语词像竿子
插入沙地,不是旗帜傲立
在山坡上,也不是毫无动静,
在我们共同的空茫的荒原上。
我们也有雨,我们也有善于迁移的
云朵,我们也有色彩,那会是白色和
另外几种白色,它们的快乐并非是
伴随着一阵寂静,并非存在
两物,而是就在
寂静里面。南日岛上的船只
出海又回来,把海面上的阳光
扭转。在公路上排队守候的风车在
荒凉的回旋里,用沉默更新着沉默。
并非不是运动,一只站在墙洞边缘的
麻雀转动它的小脑袋,像
蒙太奇高频的串联,它这样精湛的活动
全来自它极致的静的内在,它这样的活动,
这样的外在,也全都是静寂本身。
全世界都是静寂,当我们
推开了我们自身的墙,我们整个儿地
作为我们,全世界都是

静寂，当我们推开墙，离开房舍，
进入闪电，进入骤然。

我会睡去

那不好的事,明天应该会继续。
屋外下着雨。雨,就是
雨。雨,落在岩石上,就是
落在岩石上,落在
树上,就
落在树上。
我不会试图在
雨声里解读到别的什么。
我只聆听那个——
微弱
鸣唱,一只雨中从不饱食的
瘦黑鸟,依然
栖息在我生命
起点的那棵树上。

所谓奇迹

甜蜜的时刻再次降临,
与年少时体会过的一样,
并不比那时更强烈,只要与那时一样就足够了。
有些能力并不是随着年纪的增长
变得更加丰厚,而是在你正值青春时,
它就抵达了顶点,它正是在那时
不为人知地纯熟如同金字塔。

这就是你一直以来想要保持的,从不要求
得到更多的快乐,而是只要
这快乐的质地还是如此简单,它所来自的地点
也还是原来的那个地方,它也还是原来建造的样子:
没有挪动哪一条石头,也没有修理哪一盏灯,
没有破败,也没有更加兴荣。

三次

也许你总需要用上三次的机会:

一次,你看见窗子前立着那棵柿子树,
一次,你看见那棵柿子树立在梦中,
还有一次,你自己就是柿子树;

一次,你惊讶于那个青年美丽的形象,
一次,你懊恼自己只爱他的形象,
再来一次,你才发现了他的真形象,
那种表面的,也是整体的,音乐的。

本性

兼致卡瓦菲斯

在夜里,重回感官的愉悦。
回到纯粹的色彩。忘掉
辛劳,也忘掉聪明的知识的游戏。
不需要用头脑理解,但需要你去成为。

落在露台上的月光、爵士乐的
流淌、洁白的身体、一朵凋谢的安静的玫瑰。
你渐渐能感知到你所是的,
而丢掉你所拥有的。

"上海"

昨晚,他们说:"那个地方
在你身上,并没有留下痕迹。"
此刻我想着这个,在厨房,
脚边有一只红色的水桶,
桶是旧的,一日比一日
更旧,里面的水
日日如新。

今夜,做好了决定

今夜有雪落在我十一月的窗外,
无一物不在雪中。细琐、轻薄、六角形。白色
在无色中,无色在白色中。
窗外的镜子在看我,我在看镜子。
"这是一个清晨。"从那个不存在之处
向我传来这真实之声。

原始生物

乡间,绿色的植物传送着
脉动。母牛在田地里,摇动着
尾巴。赶走苍蝇。

忆起在那次的夜间雅集上,那位
女高音歌唱家,穿着一身黑,
描着浓眼影,她的声音飞跃,以及盘旋——

那个时刻,她像是与我们区分开来
的异类,比我们更粗糙,更原始,更神秘。

乐观

原来我以为我的悲观是
个别性的悲观。后来
它们更像是普遍性的。

等我完全确认这一点后,
等被剪断的珠链上的
每一颗悲伤的珠子
都掉落后,

我确认我手上剩下的
这条串珠的线
是乐天,
那么细,那么美好。

灰扑扑的,又
不惹尘埃。

秋天的真实

完好的丝帛。阳光把一切摊开来：
两只乌龟坐在一块凸出水面的石头上。
鱼群游在最上层的水域，隐约可见。
一只大鸟像披着头巾的布道者。
在岸边它是精准的捕手，
其他的时候，在树梢
静立，很久很久。什么可以闯入、
撕毁十一月？有什么
不能度过？有什么没有尽期？
每一根树枝伸展着。大地牢牢地
上着锁。

简单的事

我对多年前感到好奇的事
不再好奇。我对多年前认为自己
不再感到好奇的事物
重新感到好奇。

我对人最复杂的部分不再那么好奇。
我对人身上的日常的鬼
不再好奇（因为知道
它一直存在，也因为
蔑视是一张过滤网），
但我会盯住它，长久地盯着。

对人身上的
神，则更加好奇。
我对简单的事充满了源源不断的好奇，
我要持续擦拭我的眼睛，
我一定并不了解它们：

这个黄昏在树根下站着的
久久低头的快递员；
一阵穿透玻璃的

童声；或是
一道夕光射在消防箱上
像一种预兆
逼视我——

纵使这是梦

我已习惯这样的庇护：
夜晚向我递来一件大衣。

我一直对那件事抱着狐疑：坚决地
只要求那惟一的秘密的闹钟——
它让你去完成"绝对的清醒"。

我允许枕头的另一边
立着另一只闹钟，它喝着
黑夜，让我持续发抖，
它会像蜡一样弓着身子

我把人们熟悉的薄荷、绿萝
放进这只钟里，把几只小鱼、
铲子、血以及屏风都放进去……

在人的语言里，我没有
完全放弃，我还在试着
更多地聆听它的秒针，
我还要更加地熟悉寒冷，
要把嵌在最深阴影处的那根发条
拧得愈来愈紧。

又回到了一个人

一只猫从树丛中踱出,
另一只大点的跟了出来,又结伴
进入另一片树丛。它们有
它们的时辰。我一定
也有我的。想起白日
鸽群瞬息万变的音符,
刚放学的孩子们煮沸的
嬉闹声。梦山阁背着光,
在不远处露出小小的
一角,给天空贴上黑影。"凡事
皆有定期。"它们有它们的
时辰。现在我走到了
这儿,夜晚的秋风
是我的恐惧,我重新亲近它,
衣服与头发被牵扯,烛火在
摇晃。清晰的泉水,注入。
恐惧。安然。听从。
一个人在这儿,
那么,便是与某物同在。

家园

行李箱破损的滚轮像利刃刮着地面。
雾霾在城市上空戴起面具,伺机而动。
行人胸前的徽章掉落,卡在井盖的缝隙间。
忽然飞起的旧报纸。当一个人
想把"家"这个词挂在高高的树上。
不远处的警示牌发出赤目的红。

历史是一块黑色的云,少数人在大街上找到
它的乳头,吸收黑色的营养,并
伸手揭开在周身不断凝结的事物。多数人
穿新衣服,把记忆的结块扔进垃圾桶,抢夺
更亮的房间,并拉上窗帘。

冬的内心

街道更加像树叶凋敝的树干
的时候,灯光就更加明亮
如同眼睛。

那张男孩的脸就会更加
发白,他的乐器
像在水上的天鹅。

他就搬来一张木椅,在那间
他自己的房屋前
坐得更久,向前凝望。

昆虫陆续往洞穴里
囤食,以及更多的风,更多的,
毫无用处地流动、低语,夹杂晶莹的、微甜的雪。

在印度导游家

最先浮现的光辉是他三个
成熟的、却均未出嫁的
女儿相似的笑容,带着腼腆
与健康的无知。

双方都显得有些手足无措,
但相较之下我与好友显然带着
更明显的保护色,位处

自身的生活之外:可以堂而皇之
手持着第三人称的相机
将她们的容颜与居所

收纳,可以假装理直气壮接受
他们为我们打开的
景观,而这同时意味着

通过他们不自觉的遮蔽,这是高等的
友好:在日光灼热的
后院中,

灵巧的松鼠以非人类的快乐
吃着人间的果子，攫取
我们一致兴奋的目光，在我们之中
施行一门公共的语言，

她们仿佛正好借它
表明自己好客的心迹和
联结的必要。阴凉，
只被小心翼翼留在了那间小小的

厨房里，却也不拒绝
客人的粗鲁探望：
像一盏上古的油灯穿透

窄缩的黑河，他惊艳美貌的儿媳
抬起头，片刻间照彻四周，又继续矜持地
低头用杵子擀面饼，它们

洁白而浑圆地
出自她无声的时间，直至
我们纷纷将其品尝的下午。

他妻子的遗照
悬挂在大厅，却依然没有声音，
她的下方，更醒目的一张

更加沉默的简陋大床,

它像一种约束,
将他们的羞耻全都装在
它陈旧的骨架中,
爱正以此为生。

他们的家庭宣言,会卑微
而长久,会如那口井,
家狗依偎在井边吃食,
霞光从天边而来,贡献自己似
不起眼的小小怜悯。

因为客人的来到,他们全站到了
自己悲伤的对面,只是
无论如何比起游客的我们,

他们仍在他们来自的地方,
也许永远无法离开的地方。
在生活的窗角立着小小一面

纯然本地的、硬质的圆镜,
毫无意识地用它的微光
照看着它能照见的金黄麦地,
漏洞的房间,陈旧的

碗筷，美梦的纱丽，
保护着该死的、受诅咒的，
与深深爱的、渗入深处的、
不可透风的。

在印度

像早先预料的,在故乡的
甜蜜与哀愁中,我一定会怀念起
这一种真空:
在印度的十五天,它是没有回忆,
也没有未来。没有需要看穿的景物。
每一条都是明白无误的街道。
太阳就是太阳。星星就是星星。
纱丽就是纱丽。恒河边的猴子
就是猴子。祷告就是祷告。
当上一个纯粹的异乡人,
而不是在异乡寻找
自己的人,更不是
身处故乡的分开的灵魂:重复地
在每个旧路口捉迷藏般猜测
躲在墙背后那一个自己的身影。
成为一,同时也就成了万物。
一个纯粹的异乡人,才在衣兜里揣着一张
通往至高故乡的隐形通行证。
不再寻找自己,于是到处都是你。
不再是与什么不同的一个事物,
而是如此平凡,如此遍布:

你就是响着脚铃的印度女郎，
你就是满头长着虱子的小乞丐，就是
摊子上贩卖的各不相同的银饰
或假银饰，就是恒河上晨曦中
一艘苍老而全知的木船，
是被扛着走向火葬场的尸体。
在一与万之间，没有第三者。
没有披风，无须揭发。存在与消逝
一齐消失，也一齐存在。
鱼在水中，分子
在空气中，燃烧
与灰烬结合。
当你是每一样外部事物之所是，你
也就是最里面的那一样。
当你的唇触碰恒河边的石级，
你也就触碰了故乡那个最熟悉之处的门槛。
当你从印度遍地走过，
你也就从故乡遍地走过。
当你在印度，你也就
身处世界的任何一处。
在夜幕降临时，我拖着自己的影子
走过她纱丽般长长的石路，回到我的旅店，
窗沿上还跃动着一场晚间婚礼
的歌声，异域的乐器元素交糅着
一张水墨画。

我盯着那条路

我盯着那条路，
那条无限的路，

那条弯曲的路，
一条死路，

不为了等什么，
也不为了把树枝上挂着的
床单与焰火看穿。

只是这样站着，
盯着那儿，以确认自己

活着：依靠——面对
那无尽的死去。

他们都在诗中提到中国诗

这些尊敬的外国诗人,他们一再提到
我身居的这个国度很久很久以前
故去的那些古典诗人写的诗词。
他们一定看到了一些事物,在东方,
也就是在它们原来在的地方。
他们一定厌倦了某种擦拭的工作:
负责将一些器物上的灰尘擦掉,
每日都有新尘,工作没有结束的时候。
他们的手,被赋予勤劳或者智慧的殊荣。
但他们渴望停下来,只用眼睛凝视着
那些器物,看到它们上面的灰尘
根本是不存在的。那些描绘的图案,
鹤、松林、高山与木桥都丝丝分明。

钟表

他拥有一栋设有十三间房的大居所,
十二间里有书房、卧室、棋牌室、衣帽间、唱歌房……
各有所职。只有第十三间,没人说得清它的用途,
任何佣人都没有打开它的钥匙。
那是他享有的特权,几乎日日独自在那里
禁闭,那是一间完全黑暗的房间,不设一点亮光,
与他做伴的是他的那一只钟表
和上万首歌曲。她们响着,
那万能的、自由的、十全的盲目。

诗的火源

又一次从书橱里,请出他,
那个一生生活在亚历山大的希腊诗人。
每一次,都将发生第一次时的事。
每一次,随他即刻返回希腊之光,凭借
那简单的语言,就让我忘记别的大师的诗,
忘记所有在燃烧之前要经过的
那些曲折的甬道。忘记了
所有精妙的词语,忘了
词的权杖,只有不在词语之中的诗,
点燃了词。

表达教会我的

一再
捂住
这张嘴。

所有的
正文
都是错误文本,

当你说话,你就是去
做好
你的翻译工作。

所有的诗歌都是转述。

一再捂住这张嘴。

这是他们口中的荒谬,
这是你眼中的最高真实。

孤独毫无值得赞许之处

孤独毫无值得赞许之处,
像一棵沙漠中的植物,
若不是因为那片沙漠,若不是因为
它上方的天空,孤独就不是美的;
若不是因为它的独一
通向了无尽的地平线——

这道理是真的

他们说:鲜花,
比思想美好。
这道理是真的!

鲜花只负责美好,
而思想还负责糟糕的那一部分!
但这就是工作。

那条弯曲有节的小路,
每逢夜里就
明亮如饱满的白银,然后
越来越薄,越来越白,

它一整晚、一整晚地
耗尽自己,每个黎明
轻轻挂在
它瘦削的尾部。

缝隙

那位诗人减少从"我"开始写,
他常常写些关于他人的场景、情节。
他觉得身处一个遥远的地方,但是
仍能观看到他人身上短暂的自己。
或者说,他就是这样生活着
——在他人的身上活;
而另外还有一些时刻,
他既不是自己也不是他人
——一旦他写完,搁笔,
也就进入了这种时刻,进入这种美妙的缝隙。

疗养院

这儿的面积不大
只够住下几个灵魂:
从活着的躯体里逃出的,
或是从死去的肉身中回来的。

不必纠缠具体事务,没有算盘,也不用开会。
只有焦渴的几双手
忙着把一杯水相互传递。
只有狭窄的走廊,连接着天空。

布列松的一幅摄影

那个衣衫褴褛的印度穷人
仰躺在他精致的寺庙里,
筋疲力尽,也许睡着了。
他的寺庙温柔笼罩他,爱他,
阴凉地庇护他,保佑他的梦乡。

我说的是当阳光将画面之外寺庙的影子
照射在一堵破旧的墙上,而那位穷人
正好躺在墙前面的石埂上,
那一幕就真的发生了。

公共汽车上

坐在我前面的女孩戴上了她的帽子，
她可能觉得冷，果真如此——
她伸出手用力去推侧身那扇
留着一道缝的窗户，但
窗子僵硬极了，是推不动的——
我非常清楚这一点。因为
看到这个场景我才恍悟这辆车
就是上周我坐过的同一辆。
那时我就坐在她的位子，
也用力过，也拿那条缝没办法，
喝着缝隙传来的风以及
按捺着性子劝服自己
虚心接受它更多空洞的馈赠。
我们在街道上、公园、
百货商店，对彼此陌生，
我们在交错的时间层块上，
在宿命各异的线条里
活着彼此。但，相同的缝隙
在每天做出它的择选，它把
伸向它的一只手替换成
另一只，用风把一颗心的重量

吹向另一颗，另一个人
会在明天成为今天的你，
而你成为别人。

卷 三

2018

保全你要保全的

你必须将你的人生
捅出几个窟窿。

在这向来如此的世间,
为了保管好你所相信的却易碎的
珍物,它们通常只占得
生活的一小部分,你必须

把人生中其他的一些部分破坏,就像
有些人以为的"你把它过糟了"那样,随它们
烂至根部。

当然你也可以说:"那一小部分
就是全部!"当然
你也可以这么说。

爱

多么可怕:星辰
在我们的窗外那面高高的
镜子里,每日
调整它们的数目。

我父亲的故事越来越多。
每次的散步,他就把
他话匣子最底部的东西
翻出来,教我认识他的那本
时光之书,教我认识
他所知道的那些颗星星的亮度:

甜蜜了他整个破漏童年的他祖母、
在他的饥饿年代给他提供免费晚餐的
林间弟兄,他曾经放牧的羊,和他相貌、习气
出奇地一致的他父亲。
(他的用语从不包含粗暴的是非句,
而像调节台灯光的旋转钮。)

记忆在转动中扩散,多么
可怕:当在这地上的年岁

越来越长。
离别越来越近。

当故事越来越多,
某个字越来越沉。

一撮撮的不舍,在缩小的草地上
向着天空的高度直直
往上长的同时,想
向下扎得深。
越来越密集。

吃蚬子

它们躺在盘子里,有的把壳全然
打开,露出可爱的白肚皮,更多的
则只是虚张着嘴,这出于有意的
烹饪方法,是为了保住
肉质的新鲜与肥美,这就像

我们的日子,祈祷它始终如此:
更多天,更多的瞬间,半开
半闭,对我们
有保留,而我们的爱

因此就像我们的牙齿,主动去勾住
惊奇、诱惑,即使包括悲伤,当然也包括
亲爱的宁静,却总无一例外地灌满一种
强力,生龙活虎地去咬开那个藏着
未知珍物的硬壳。

三种存在

当那个年轻的我从外地回家，
回到这片空气中飘荡着
啤酒与茉莉芬芳的土地上，
这里会有三种存在：
她再次辨认自己，
鲁莽的衣袖漏了洞，她的身上
携带着异地的蜂箱的
气味，手链
自顾自地歌唱着，还有
许多人类的梦喋喋不休；
不像那棵香樟树，它是
另一种，它始终站在原来的位置
向上稳健地生长如同
僻静而递增的智慧，与人们
毗邻而居，但不关心
周遭的变化，它
向来什么也不说；
月亮是第三种，
是一种完成，存在得
最久，它在我们仰望的高处，在某个
极其遥远且完整的地方，却

触及此处,同样没有声息,但将自己的光与影投在水池上。

选择

为了读懂一片月光,
你需要撇下掌声。
灵魂和灵魂的私语,
只在人迹罕至的最低处。

你需要穿过皮草的暖烘烘的大厅,摸黑走进
思想的暗道,接受荆棘的亲吻,
往寒冷的井里瞧,嘘,那枚
银色的亲切的脸,是狄金森[1]
或安娜[2]。

---

1 狄金森:艾米莉·狄金森,美国诗人。
2 安娜:安娜·安德烈耶夫娜·阿赫玛托娃,俄罗斯"白银时代"的代表性诗人。

世界观

当你说世界时,那是
你的世界,不是别人的。
我的意思是说,那是你的
"所有人的世界"。
如果你看到世界堕落,那是
你在堕落。
如果你自己也升起一点点,你便看到
这世界至少在角落里还有阳光。
如果在战争之时,如果在将死之时,
你的最后一瞥,
在干涸的只剩一小洼水的凹地前,
如果你还望见一点明亮——
在自己的里面,那么
你就以为这整个外面的将毁的世界
也明亮,不刺眼的光,整个世界
便是那洼浅水上映了一轮月,你便说,
这世界还有沉底的谜的静谧,并且
竟然还有去处。

鸟

一只鸟,陪伴她生活。有时在清晨
一阵微风的波动中,她在那只鸟的眼睛里
会看见自己,"但最重要的事情已经
改变,最重要的事情既是这个,又不是这个。"
她抚摸它的羽毛,抚摸所有从她的手中
光滑地脱离出去的白色,这时
那只鸟的眼睛里没有她,
那只鸟什么也不看,它的眼睛
像透明的玻璃球,可是只要
它歌唱,它会遍及一切,遍及
有,也遍及无,它将一切的一切
都藏在那跃然、轻盈、
低落也明亮的有韵律的歌声中。

一种工作

黑船,在江面上航行。就像是
昨晚看见的那一艘,都悄无声息,
徐缓,不知不觉地捅入夜的内脏。
也许就是同一艘。这么
完好。一个永恒、不变的事物正让我们
继续,以及不出声。不因为
别的,它本身就是沉默。

直到我咬到一颗金橘

它的汁液会迅速沁入齿缝,
这金黄的小颗粒却拥有
高音调与强大能量,拥有谜的
来源,整个口腔,一秒钟就
充满你,我对你
惊讶,小小的金橘,因为
你马上就要来到你旅程的
最后一段,因为这个死亡过程,由我
来参与,因为你
消逝得如此芳香,
你死,就像一种活。

我为自己打盹的缓慢而羞愧。
这整个上午,我在办公室的
炽白中,痛苦地
将手探入一只臃肿的袋子,
搜索,怀抱一丝希望,
想在生活的具体之中,在日历表
平庸的更新中,在
这深蓝的沉河之中,翻找到
一个可以喂养爱的词,哪怕

一个小小的、颗粒状的词,
一个接近死亡的词。

记住那些日子

渐渐变色的墙。
有的音调
再也不会像鸽子
飞回屋顶。
门，
立在眼前．我
掂量着我的钥匙串，它们发出声响，
曾经有过的其中一把，陷在
那段日子杂草丛生的泥泞中。

傍晚，越过人群，
一位疯女人
从侧身杀出，向我递来一张纸条，
她催促我，眼里燃着
信任的火焰，笃定我知道她是
来自那个不可遗忘之处的称职的信使。

听觉仪式

有时在信号全无的时刻,我也
凭空在耳蜗里塞着耳机,就好像
那里面依然连着一个电台。

确定自己听见
一个看不见的世界,坚信它
守护我,在许多时刻:

有时它会忽然用刺扎中我,在我快
将其遗忘之际,它拉起
高频警报;有时
则在我的多次敲门声后,门
才缓缓开启,收留我;

还有别的我所不知道的时刻。
我不知道那是怎样发生的,
那些声音的剧场
完全不需要我的签到,

没有具体的地址与门,而像
太过广大的空气,让我

以流浪的方式置身其中,多么
亲切,也像命定的一剂针,听者
在其怀中痛苦
也快乐。

音乐的演变

有时我想起他这些年的沉默,
不再写诗,也许这是年纪的增长
将语言高枝上的果子摘掉了,
也许是因为那音乐本身
已经流至深处,代替了音乐的
形式,正像传说中的
那位钢琴大师的那次精湛表演:
坐在他的钢琴前,然后他的手指
没有遵循惯例去飞舞,而保持了
一种静物风范,它们轻轻落在膝上,
像坐在休息日教堂角落的白衣修女。

随后的事发生了:
你看不见他动,却俨然
是一个无形旋转的陀螺,人们开始听到
在整个场所被他压下的
寂静之中,有许多声音依然像
春草上方的蝴蝶或昆虫,既
来源于那双哑然的手
也环绕它:演播厅里观众的暗语、
咳嗽声、纸页被偷偷卷动、什么物体

被搬动,以及更多的
空气的响声、心脏的
律动、光的
响声、无物的响声。
几分钟过后,他站起身来,表演
结束。

也许我们的年轻同样正是为此
才有不断跃动与燃烧的必要,为了
有一天也能那样垂着
带茧的双手坐在各自的钢琴前
弹奏寂静的音乐,所以我们现在
像在春天放牧者的山坡上
驱赶着手指,所以我们现在写,
写,我们发声,为了
积攒那巨大的、绵延的、
天然的无声。

雪中

一场雪
会降临在我们走神的时刻,
一场雪会降临在
我们将灰尘
亲吻,而将
武器丢弃的时刻,一场雪
会降临在我们赤裸
面向彼此,将时间
塞回子宫,退回伊甸园或
伊甸园之前的时刻。
三月,星期二,我推脱
一次外出,我想
留在一场雪里。留在
所有平凡的景色中。
一场声音的
消解,一场为了亲近地面的
飞翔,我将激动于它多年
过去,依然完整如初。
没有介于防备的围墙,也没有
可以躬身而进或使劲拆卸的入口,
这个所在,从来没有人

能闯入它,但
对于那些
取消自己的人,却身处其中。

生死的表现形式

早晨,我发现了
死亡,躺在我们的鱼缸里,
三小只。

我说我害怕处理,那意味着用筷子
向水中夹起那三只开始发硬的鱼身,
放在纸上,包裹起来。

你讽刺我想要修行,却
无法做到这个。这时写过的所有
有关死亡的诗词
都像是一张张冲着我的鬼脸,笑我。

所以我鼓起勇气去拿筷子,当我夹起
一只时,能够准确不偏移时,能够
在知觉上清晰感受到它的软硬程度时,
这胜于我再写下一首生死观的诗。

写

她想起那些逝去的时光,再一次……
音乐向浪潮般退去的夜色中
退去。她阅读着
那泛黄的书本,抚摸着
泛黄的纸页……
它们是来自过去时光的证明。

在她的纸页上,什么被留了下来,
自那不断后退的节奏里,
自阅读者的手指间。

她还能够被什么写着?
她环顾四周。然后,将思绪
缓缓、缓缓地
收回,放在那个起伏鼻息的身边人的脸庞上……

事实是

是的,多年以来,她没有冀望
成为书写者。一旦有这个心眼,
其实更应该做的是阻止这么去做。
阻止在任何一个下午,制造一朵
假的美丽的花以供观赏。
多年以来,遇见的这个人、那个人、更多的人,
所有的风景,这个房间里的和外面的,
所有她曾阅读的、欣赏的画、喜欢的音乐
把她写着。

窗前

生命中有太多选择。你可能毁尽余生,
是因为你选择了美的缘故。
当她站在窗前,感觉到年龄与生命的浓雾越来越大时,
但她一想到这个原因,这个在所有的轨迹之中
从未移动的原因,她就又低下了头来,
像含住上帝赐的一只汤勺。

狄金森也许会说

写诗,它把我与许多人隔开,
它有时是我身上做礼拜的白色长袍,
有时是一件冰冷的
法衣——

与许多人隔开,
这是我想要的。
他们不能看我,
只能听——

在某一日,等我的形象彻底消失。
我成为声音,进入某个
陌生人的屋子,我成为

声音,躺在枕头上,像是
那个陌生人自己发出的,像
那人脱掉礼服后,手经过那件贴身衬裙时发出的声音。

完美

他经过浸染茉莉香气的长斜坡,走到尽头,
为了停留在那个女体雕像前,在那里得到很久以来
都不能得到的安慰。与他认识的所有
别的女人都不一样,她不会说话,不会移动,
没有生命,但,作为灵的象征趋于完美。
她的眼睛不会说谎,她的唇
是永恒的恰当的半开半启,在她的内部,
他看得见那里有一盏油灯。
他脱下那件重重的外衣,开始
把一些有黏性的事情抖落,如被烧过的灰烬。

孕吐

七厘米,小家伙,你
在我里面已有这么长。
清晨你使我呕吐,吐出
早餐,吐出整晚失眠,
吐出早先喜悦幻觉,
吐出冰冷的鱼一样
的体温和轻蔑。你
每天早上清空我,把
黑暗的虚空也清掉,
留出一张不存在拥有
也不存在缺席的白色
黎明,留出一页新的
纸,要我在虚弱之中
还能呕吐和写写呕吐。
写与呕吐也是一回事
——生命残余的力
反送出更多的力。
孕育诗的子宫与羊水。
我想呕吐会使我的
眼睛重新变蓝,像我
童年时那样,像你的

未来,蓝色眼睛,在
一无所有的黎明,
诞生出无边海洋。

日子是什么

(即使那完成了的月光
对于我有着致命的吸引力)……
只要还看见一个女人,
或许年轻或许年长的一个女人的身影
在忧伤的五月的夜,在一棵玉兰树下徘徊、徘徊,
这个世界就还该继续下去,
因为它还未完成,还未
达到鼎盛的完美,就还未
来到它的末日。

真实

每隔几天,他就会走进这家小店,
查看新到的物品,用手抚摸
几件衣服的质地,比较几款
不同的花色,把一条条皮带
从货架上小心地取下来,研究
每条的做工,再将其卷起来,
有时他并不买任何一样,但会在此
耗上相当一阵工夫,他更多像是
通过这一途径来了解
这个世界存在的各种材料:
动物的皮如何与金属相连,
现代社会生产的化纤、涤纶等在手中
的触感具体都有哪些分别。仿佛这样
能让他的生活与生活之中的空隙
不单单被虚空占据,而是变得
比他原本的生活更加
本真。也许原本的生活(那众所周知的被
称为"他的生活"的生活)
欺瞒了他,一种惯性,一种
车轮式的转动,捆绑了他,
而在此处,这离心之处,在这条街道

拐进这间暗影中的小店，经由
那无间的抚摸、专心的观察，一种爱
却落向正中，补偿了
那个虚弱的、处于
伪装的、在羞怯中
渴望的存在。

入眠

我听着他的鼻息,一小阵
一小阵,如同海潮,也
如同僧人们
晚间集体诵经的声音:
多年前在印度的一家
小旅馆,睡前从
附近寺庙传来。

一阵阵,连接为一个
整体,像被它隐形地
碰触,在它的
大手的包裹里
渐渐酣眠。

这来自尘世之外的物质,
却又笼罩着我们的所有,
笼罩我们的微尘,我们的
故乡与异乡。

一种声音,
一种他,

一种它，
一种爱与宗教——
既是缺席，又
近在咫尺。

虚空论

我每天从知识的手掌里
摆脱,关注后视镜,倒车一样
退回去学习相信事物。
我相信色彩,我相信泪水,
我相信女人的裙子在六月的草坪上
像花朵绽开,相信男人的肩膀的
轮廓在夜色中,铁一般寂静。
我相信儿童相信的,火是热的,雪是冰的。
我相信树木像被染过的布,相信
用黑色哀愁写成的信也会纯净如水,相信
最小的蚂蚁的力量,相信鹰的柔慈。
相信自己最微不足道的善与
微不足道的恶,像我每天会长出
那么一点点的指甲。我相信每一条
道路上每个石头的生命。相信我今天的
脚跟在某个时辰踩到的石头是这一颗
而不是另一颗,相信我遇到的
是这个人,而不是另一个,相信
停在我衣襟上的蝴蝶无可代替。
我相信人只活一次,尽管存在
轮回,这并不重要,诺亚方舟的

船票，上帝只能发放一次。
我对这一切存在的相信都胜过相信文字，
胜过相信名称与定义，胜过相信
奖杯，胜过相信一个人
开口说"爱"，像抽一张便条。
这些就是我最虚空的言说。
就是在这样的虚空里，我每天看，
每天听，每天呼吸，它让我捕风
与捉影，不关上任何感知之门。
就是在这样的虚空里，一切都在迅速地
生成，像梵·高或蒙克的画板，所有的可能性
在排队。世界的口袋，就是这样的
虚空，让我像她的小孩每天朝她里面
伸手掏东西，就是这样的虚空，变幻着
它的脸，灌进我每条静脉，让
我的神经长大。正是这虚空，
喂养我。反过来，我将它
用力按在胸口，变成红印子，
尽管同时看不见它。
正是这涂满天空、涂满大地的
彩虹的虚空，喂养我。

有一种日子

有一种日子,对于一些人
不可想象。信号中断。
马路上不需要交警,所有
车辆被清空。所有欢腾
的河流也不通向此处。

只有星星们与她进行着密集
的交通,没有一颗是人造的。
那些电文上的字句不是她的
工程,她从不画设计图稿,

她只是向那双铁一般的手
赤裸自己,像线条躺着,
于是,字词降临如针,
日夜加工把她穿缝在布上。

散步

空中唯一可见的一颗星,忠实地
与月亮相伴。
天空被玫瑰色晕染。
从墨绿的树丛中传出茉莉的香气,
蟋蟀在深处,但已开始活动,并且
最为谙熟石头的知识。
隐秘的五月在盛开。
在有情和无情的拷问中,
在一扇扇门的关闭之后,当我
能够进入五月的蛛丝马迹,我便说:
我很好。仿佛
面向某位老友的
问候。他或许明白,这意味着
并不作答,意味着坐在树下,
走在树下,眼睛没有被关上,
某处永恒的盛开不为我们所动。

春日

我渐渐清晰地看见我父母的本性:
他们也想了解这个世界,但
不追求环游世界,
也喜欢花,但不一定
要拥有一片私人花园。

许多时候他们也借用
大街上那些疯狂分发的
复印本上的语调,但之后
总归于遗忘,话语又变得
像碗筷一样简单,当他们
真的又认领回他们的房间,
那里面没有一样多余的家具。

我看见了整个春意:
一朵剪了根部
躺在简陋小碟子中的康乃馨,
是我父母屋中
唯一的一朵花。

它教育我,不低于

我曾在冰川上望见的壮阔银河。

整个儿的春意：
一朵小小的花，一片浅浅的水；
我渐渐明白我父母的本性。

潮水

别只围绕着自己的文学命运
而生活,像只为一根红线
而左右跳动的公鸡。你也许因此
而完美,然后呢?某些损失你或许忽略了。
你大可以居住在任何一个城市,
一个落寞的小镇,从事任何一个
正好可为的工作,可以长久时间
不发表一首诗,不和人交谈
作品,你观察到你房屋前的小鸟
在保持它们不变的羽毛的同时,
每天唱着的曲调并不是它们昨天
唱的,这样过活下去,每日升起的
太阳也是新的,这样过活下去。
去吃,去喝,去哭,去笑,
去烦恼与舞蹈。去嗅闻
一朵名叫爱人的花。去分离自己
又愈合。缪斯与你同在的时候
并不总是开口说话,那些话来自
她曾长久默默看着你生活。没有
一种大自然中的生物只为了
搭建起石头,然后

一直守在旁边。轮子从坡上
滚动下来,至于文学的命运
是最后的,最后落下的声音,在退潮时
一些螃蟹、贝壳、泥沙或其他未知物
会自己裸露出来。

没有伤害

越来越少的事物可以伤害你。
当人们声称的恶魔来到门前,瞪视你,
可以不必将门关紧,重要的是
不要让它唤醒你自己屋内的恶魔。
你的恶魔一旦醒来,你必将受到的伤害
只会来自它。
若你的房屋内,没有恶魔的现身,那么,
屋外的恶魔也将无济于事,
最终,会有与它相反的那一样从你的屋所飘出,
轻柔地,将它覆盖。

妊娠线

第六个月时,我照全身镜
看到它一条蛇般爬过我肚皮
中央,越来越清晰。我听到它
发出声响。这因为色素沉着
而自然形成的纹路,但我依然
想问它来自何处。它告诉我
那个日期愈加临近,它给我
打上记号,用谁的手,在我
身上画着,将我算进一个行列:
她们人手一份证明,即将走进
一个大雾中的营地。或许那里
开满粉红的花,或许那里四季
雨水繁多,最有可能是两者皆是

两种可能

有的人
始终是
被爱,住在
漂亮的笼里,住在
收到的鲜花丛中;

有的人
始终是
去爱,选择
那孱弱的,却又
锐利的,会伤及
他们的,发着不稳的
音调的,

选择浓密的
树荫,小片的波光
在暗夜的湖泊上
总像是
转眼融化。

但第一种人

在每日的日历前
徘徊，因为总有
前一日剩余的，在
他们身体里
荒废着，失明的
鸟儿，无处可去，
不知去往哪里；

第二种人
有力地撕掉日历，
他们已经渗透了
每一张。
没有顾忌。又将
更新。

黑洞

坐在一个黑洞里,生计像一组数字
构成这个洞的阴影,蚂蚁般变换队形
在她的脚边,在她的裙子上,在她的肩膀上,
爬上她的脸,还要向她的眼睛进军。
她闭起眼睛,在一日当中
她寻找这样的时刻,短暂的时刻,
可以闭上眼,从数字的嘈杂的黑暗中
退回独处的黑暗里,那是另一个
黑洞,烛火,一碗清水,音乐的宁静,
最重要的是在它的正中央
垂挂着一只银色的、原始符号般的锤子。

转述

愿大名声越晚降临在你身上越好,
愿你活着,而不是活在他人的眼中,
愿你一再丧失,也一再从丧失中获得;
一再做梦,也一再从梦中醒来。
愿你活在光天化日之下,同时
也活在无人知晓的丛林中。
愿你在小房间的私人餐桌前
咀嚼着流动的月亮和太阳,在很久以后——
才向人转述它们在房屋之间公共的升起。

不多的清晨

你的一生,只能有限地、
清晰地经历这样的清晨:
肃静的街道,没有一家店门
打开,世界悄无声息,

大部分事物都还睡着,
你的内心也正处于
一片自然的
昏暗的遮蔽,

但你的床头柜上那本书
打开在那一页——
怀斯画的《牛奶房》,那个农夫
位于浓厚的阴霾之中,

在微光里向一个奶罐倾倒着
纯白的牛奶,多么有限的
液体,多么白地亮着,
抓紧了所有视线的焦点。

你心里缱绻着的

永不完全被吞噬的。
你大黑暗中
倾斜着光的清晨。

人之初

她咯咯笑个不停,不停
叫唤着稚嫩的"爸爸、
爸爸",都是因为那只

她把它带到床上的被驯养得
更加灵敏的小鸡玩具,
更因为与她一起玩的
是爸爸,这很明显,

小小的一座乌托邦
已经在她的身体里发光,
照亮她的夜晚,正在
每日扩建那玻璃外墙。

糟糕

"她说她爱他,没有比这更糟糕的了。"[1]
不,卡佛说错了。这当然糟糕,
却又完美。就像断臂
维纳斯。如丝的神奇
在伤口上漂亮地裸露。
只有想爱而找不到一位爱人的心,
才是最糟糕的。不能
快乐地痛苦,而只能痛苦地
痛苦。变得单质。蚂蚁咬着
那层薄饼的中心,把那里蛀空。
每日强撑着锡纸一样的
存在,忍耐地穿过风声四起的
其他活物,被它们吹得颤抖
而没有着落。

---

[1] 出于卡佛的一首诗《女儿和苹果饼》。

对于作者来说

写一首诗,是一次
消除。雪地上,
一只鹿的脚印那么清晰。
既不见鹿也不见那个地方。
但知道它通往了某处。
等待下一只鹿。

一幅肖像

街道在摧毁和翻新之间
忙碌。有的商店倒闭了,就进驻入
永久性的虚无。一些河道干涸,
另一些变质,发出臭气。
我入过骨灰盒的祖父祖母将用什么方式
重新回到这里?

有一个世界从来没有改变。
一处站着一个老人、一个小孩、一个女人和男人的地方,
去问:"他们四个具体是谁?"
会让这幅肖像变小,

只要他们四个像四个图钉,
这个世界就稳固
如同从未衰老,也没有过善变与结局。
而像我们这样的每一个都有理由遗忘自己,以便
将自己抛入与无尽地抛入那张肖像,到那里去生成。

宁静的热情

给乔亦涓

为什么触碰它的表面,也能感到
那么炽热?那些在你的小房间内
燃烧着的事物都是些什么呢?
什么宏图伟业?——小小的余晖、

石头、影子、薄荷叶、死鸟
留下的冰凉的羽毛、亲人的手指,
一些碎花补丁堵住
夏日嘈杂而空虚的破洞。

你的优雅如此疯狂,你的疯狂如此优雅。
我看见你紧张地拉着一张弓,
又不射出箭。我看见你的灵魂
满满地盛在水杯中,又不溢出。

快乐

傍晚广场的左边是杂耍表演,前方
是健身操,右边是老歌舞。
三处声音在狂欢。在给
这个小镇平静的天空打洞。
这些都不是我需要的,也不是我喜欢的,
但我倾听着,倾听着,
(这些声音之内有某个统一的声音),
感到他们的快乐和我的快乐一样,
感到他们的快乐就是我的快乐。

回到人间

有一种人常常感到自己不在人间，因为
一种虚无的痛苦，于是他总是渴望着
回到人间，回到那份实在。但某一刻
他意识到虚无之中并不存在痛苦，
这份痛苦的每一分每一秒，其实
只会在人间发生。他由此
意识到自己从未离开过人间。

还有一种人真的感受到了虚无，那
飘荡的、逍遥的、与无名同在的一种
愉悦。可是他依然要回到人间，因为
既然是可以自由飘荡的，它就可以
飘荡到四方去，可以去往天堂的，也就
可以通往地狱，可以填充在万物之中。
如果不行，这只证实了它还不是真的。

我以为的祷告

那是愿望,却又不是
那种愿望,它们不是
合同上的
项目。不需要一个规定的
日期,你也不是
甲方,不需要对方
允诺为你履行。

把那些字写进去,但那应该
就像什么也没写,像小学生
刚刚学会写字时,歪斜着
他们每一个天真的口吻。

草场上,一大群孩子
奔跑着,尖叫着,
吹五彩的肥皂泡。

它们一颗颗变大,
变大,带着一种强烈的
意愿,尽量让自己
美丽,然后飞,

飞,再然后
就碎裂
在半空,无一例外。

那就是纯粹的愿望。
是纯粹的快乐与时间,
是一封封写给你
而不要求你收到的信。

门

航标灯若隐若现,我想穿透
九月的墙,打量
这个突变的国度。

我的体内
有了两颗心脏,有了两个肺,
有了两个喉咙……我的乳房
鼓起,我的腹部隆起

成为从未有过的圆。
我给这小生命
搭建了第一所房子,我给它
输送水分和食物,和医生配合
密切计算它的数据。

海浪冲刷着我的时间,
有一天,小生命必须从
这第一所房子里出来。

海浪从新闻里不断地涌出,
从贫民的窗口涌出,从隔壁家孩子的

哭声里涌出，从音乐的阵亡和变异的

气味里涌出，从喉咙
涌出，从他深夜不眠的眼睛里涌出，
一齐涌向我的肚皮。

我看见一扇门，它
连接着这随时会怒吼的
大海，这狮子的大海，但是

它也连接着
一盆凝着露珠的豆瓣香，旁边
放着我们的家庭相册。

不能再犹豫，无论如何，
现在，我女人的身体是这扇门。
等着我——
坚决地打开它

经验阳光

晴天时我们活在阳光里,雨天阴天时
也有一小部分时间可能活在阳光里。
但并不是在有阳光的任何时候
我们都感觉到了阳光,事实上
那样的时候十分稀少。

就像今天,晾完衣服后,
我在阳台上,虚无地
站了一会儿,我看着所有事物
就如同什么都没在看,
更没看见阳光,

我是突然闻到阳光的:若不是我新生女儿
那件刚洗过的小小衣服飘来了被它烘烤的皂味。
(将我从一种黯淡的虚无迅速转移进另一种光明的虚无。)

我继续站在那儿,感到是从未有过地站在那儿,
站在从未有过的阳光中。

婴儿

并非因这个小生命
出自我腹中,我就
懂得她是谁。在
轮回说里,她曾穿行过
怎样的时间,她曾在
我现在的这个年纪里
数过夜晚里第几支
蜡烛,曾比我活得
更长久地去像野果在
山间忍受着怎样的神明
的风力,曾企图变得
如何坚硬来面对外部的
坚硬,曾怎样位居于石头
最尖锐的位置,然后才
再次变得如此弱小,如此
无辜、无知,吸吮着我
为她预备的乳汁,才再次
变得可以像柔软的水一样,
在一个清晨幸福地啼哭。
而这般的新形态——不,
不是一个生命纯白

无内容的起点，而是
一个生命漫长地洗刷
自己，穿透自身的
岩石之后完满的结果。

生活该如何继续

一片苍白,一堵
厚厚的墙。没有一声
鸟鸣和一丝绿意透过。
直到一个记忆
带着玻璃窗光泽打开——

童年时的厨房里,忽然
飞进一只猫头鹰,绿眼睛
瞪视我们,像撒旦或上帝,

噗噗的声响搅拌着惊奇,
母亲和我一边紧张地
躲着,一边又企图抓住它。

恐惧和喜悦这一对
永恒的翅翼,在厨房里
一起飞着,叩击过
贫瘠空荡的四面墙。

叩击我的此刻,
叩击我的沙漏。

线头

一天中霜降的时分
我在我的对面坐下来,
把脚跟旁可以拧灭的火焰拧灭;
看面前那杯水中
缓缓沉淀下来的颗粒;
开始对月亮
小声说话,小声说话。
月亮那么高,
我这么低,只是一下,一下,
很轻地往下拽着
心里的线头。

布景

喝完奶后,你的嘴角
在最新的睡梦中上扬,
我的女儿,我不知道
这个弧度今后会如何
演变,会有哪些相似
却又不同的笑替你
表达,我难以想象
你的身高在多年后是
现在的好几倍,你会
拥有更多的表情,或许
还会使用几门语言,你会
丢失许多事物,会做
几种颜色的梦,会
被安排在几种自我
之中流转,甚至在
某一日你会同我一样
扮演一个微微弯曲的
背影,坐在一扇
窗前,怀抱你的婴孩,
身后街道次第亮起的
灯盏也同样琴键般

弹奏起你濡湿的、
朦胧的夜晚，在它之中
放置的两栋白色大楼
之间也依然会有
那一片海，蓝，而
大，而沉默，隔着
距离，却又始终陪伴，
束缚我们的骄傲，
又给予我们盼望，幕帘后
父亲般威严地上升。

黑暗所给予我的

黑暗所给予我的,并不少于明亮。
当十二月的傍晚,寒冷张开羽翼
没收你的玩具,更大的游戏开始了,

她的脑后戴着长长的头纱,
荧光色的答案,一句句
显现在黑水般的空气中,

那些在白天时看不见的玻璃珠
都从她的网兜里
清脆地落在地上。

触碰

夜,来到你最深的刻度,
我触及你,再次确认
你是两种事物:
火苗,灰烬。

我触及你们,在
最内在的部分,
我热爱这尘世
真实的肌肤与真实的睡梦。

你在扑克的背面画上
相同的数字和图案,
原来的那一面
像是一种仿冒。

同一个你给我两种允诺,
几乎在同一时刻,
同一秒。夜,我不会
成为任一者的叛徒。

走进哺乳室

它们曾经矜持,只被自己与最亲密的人
看见,它们曾被有意地、精心地
塑形,然后去尽情发挥,去意味着许多
超出它们自己的意味,美或性。然而
现在这个全新的国度,它们彻底做了减法,
变得大方,甚至草率。我们撩起衣服
或打开上衣哺乳口,让它们袒露,对准
它们如今熟悉的要去往的地方。
没有任何一个女人会因此觉得奇怪,
没有一个女人会觉得自己是游客,否认
自己天生就是这里的一员。每个初次照面的
都是故友,是姐妹,是同一姓氏的继承人。
它们,这全新的一对,扔掉了标签,
赤裸而负重,目标单纯,开始像
轮班的职员,一个一旦开始上岗,另一个
就开始预备工作,我们怀里那个襁褓中的
小人儿成为司令,哭泣是他们下达的
旨意。"砰"——我们原有的羞耻心,
那位在身体里还未完全退去的少女,
在走进这里之前,被随手关在门外。

渴望的

如果用一个词来代替"幸福",
你会抓取"寂静"。
如果用一个词来替代"诗",
你会凝视"寂静"。

寂灭不是死,一些花
凋零,所以尘土的声音
活了,水里的声音,活了。

"寂静",它生出
所有词,又不占有它们。

拯救

在我之中,有另一个我。
在我之外,在我不可触碰之处
的触碰。
在我之外,也就是在
我最里面的里面。

这就是为什么在世界不同的
声音中有同一个译本。

这就是为什么女人穿着长长的黑裙,
弯曲着身子,将脸埋在教堂的石壁上,久久地埋着,
对那个存在说话、流泪、说话。

失眠曲

1

当你从梦中惊醒,一些声音
像寂林中的树枝被一下下折断,这时你需要做的
只是凝视那枝蔓之间的黑暗,那雾气之中的黑暗。
继续凝视,持续地凝视,凝视
它纯粹的画布,它之中慢慢、慢慢
绽开的白茶花,插在
一瓶清水的
深度中。

2

十二月的又一夜,
窗户平静如未启之书,空气
在低温里凝结。那么

你听到的风雪又是什么?

这旋转的、呼啸的、夹着沙子的,

你不会拒绝的,想要一直走,一直走到
它的中心的,
它又能否再迎来一次
在焕然一新的生机之前彻底的寂灭?

水声

四年过去了,忆起那所山上的房子,再
确切点说,是忆起坐在房子里听房子后头
水瀑的声音。"时间无情。流水,无情。"
果然,那时的我们已从如今我们的身上
流走,但那时的水声一旦被听见就是
永恒,那来源于我们本来来自的地方的
水声,那在山林雾气中和木柴旁的声音。
那就是诗。是自我,也是非我。是
寂静、陌生。是你,是我和更多的我们
在疲惫的四年间,在工作与换工作、结婚、
生子之后,在某些时刻一定会搞丢的。
是我们触摸不到,但可以向内看的。是
在房子里说话时话语与话语之间的
空隙。它拉伸向一个极致的远方,又
一直回来,回到我们的记忆,回到
我们中间,在那里倾泻。一面纯透明的,
照见所有事物的镜子。身体与身体
之间的碎片。眼睛里的眼睛。最里面的。
完整。并且依然令我们惊奇于平静。

属于

我拥有什么?我的亲友?我的衣服、
皮箱与名字?我处于它们的围绕
之中,彼此需要,学习尊重对方,
有时彼此拥有或因为拥有而犯错,
但我们从未彼此属于。我属于这种
不属于,我属于玫瑰努力的绽放
与凋谢之间的那一物,我属于
白天与夜晚之间灰色的存在,我
属于"不"朝向"是"(或相反)
的过渡,我属于既不称为我的理想,
也不称为我的放弃的。那日
在恒河边偶然遇见的那个嬉皮士,
绑着脏辫,与小狗一起坐在石级上,
拨弄着他的吉他与瓦拉纳西的
余晖。贫穷赋予了他一种旋律。
实在中的空无,空无中的实在。
一种宁静的荒谬。我追溯这样一种
我的渴望。在最深处。来处与
去处。渴望被它弹奏,在所有
时刻的背面,渴望同时属于它。

奇景

一束巨大的云朵,垂挂在
山丘后头。当我惊奇于
它的剪裁与光泽,当我再
惊奇于它的陌生,它也就

再次把我变得陌生——
我就发现原本的那个我
以及那个世界绝非是
完全的我以及完全的世界。

膝头宝丽莱相片上的图像
正越来越模糊,像水里
将下沉的鱼,马上就要
显现出原始面貌。

生命

致怀斯的一幅画

它的头颅垂直向下,它的细足腕
被绳子吊着,没有任何挣扎。
看,这就是死——
它的蓝灰色翅膀朝上,像飞翔的那个样子——
如果,这就是死。

爱情

我选择那通过我的灵魂而爱我的,
而非通过我的眼睛。

或者选择那一下子爱上我的眼睛是因为
认为那就是灵魂的。

图书在版编目（CIP）数据

清空练习 / 周鱼著. -- 武汉：长江文艺出版社，2023.3
ISBN 978-7-5702-2729-7

Ⅰ. ①清… Ⅱ. ①周… Ⅲ. ①诗集－中国－当代 Ⅳ. ①I227

中国版本图书馆 CIP 数据核字（2022）第 070371 号

清空练习
QINGKONG LIANXI

责任编辑：谈　骁	责任校对：毛季慧
封面设计：张致远	责任印制：邱　莉　　王光兴

出版：长江出版传媒　长江文艺出版社
地址：武汉市雄楚大街 268 号　　邮编：430070
发行：长江文艺出版社
http://www.cjlap.com
印刷：湖北新华印务有限公司

开本：880 毫米×1230 毫米　　1/32　　印张：7.125　　插页：4 页
版次：2023 年 3 月第 1 版　　　　2023 年 3 月第 1 次印刷
行数：3852 行

定价：52.00 元

版权所有，盗版必究（举报电话：027—87679308　　87679310）
（图书出现印装问题，本社负责调换）